Tengo una chispa en la cabeza

Un cuento sobre el AUTISMO

Papel certificado por el Forest Stewardship Council®

Primera edición: marzo de 2025
Primera reimpresión: marzo de 2025

© 2025, Daniel Millán López, por el texto
© 2025, Penguin Random House Grupo Editorial, S. A. U.
Travessera de Gràcia, 47-49. 08021 Barcelona
Diseño de la cubierta: Penguin Random House Grupo Editorial / Lourdes Bigorra
© 2025, Marisa Martínez Cervantes (La Michi Autista), por las ilustraciones
Color: Marina Méndez (Mandaraina)
Edición: Nuria de Andrés Masa

Penguin Random House Grupo Editorial apoya la protección de la propiedad intelectual. La propiedad intelectual estimula la creatividad, defiende la diversidad en el ámbito de las ideas y el conocimiento, promueve la libre expresión y favorece una cultura viva. Gracias por comprar una edición autorizada de este libro y por respetar las leyes de propiedad intelectual al no reproducir ni distribuir ninguna parte de esta obra por ningún medio sin permiso. Al hacerlo está respaldando a los autores y permitiendo que PRHGE continúe publicando libros para todos los lectores. De conformidad con lo dispuesto en el artículo 67.3 del Real Decreto Ley 24/2021, de 2 de noviembre, PRHGE se reserva expresamente los derechos de reproducción y de uso de esta obra y de todos sus elementos mediante medios de lectura mecánica y otros medios adecuados a tal fin. Diríjase a CEDRO (Centro Español de Derechos Reprográficos, http://www.cedro.org) si necesita reproducir algún fragmento de esta obra.
En caso de necesidad, contacte con: seguridadproductos@penguinrandomhouse.com

Printed in Spain – Impreso en España

ISBN: 978-84-19514-32-5
Depósito legal: B-2.776-2025

Compuesto por Comptex & Ass., S. L.
Impreso en Gómez Aparicio, S. L.
Casarrubuelos (Madrid)

NT 1 4 3 2 5

DANIEL MILLÁN LÓPEZ

TENGO UNA chispa EN LA cabeza

Un cuento sobre el AUTISMO

Ilustrado por
LA MICHI AUTISTA

NUBE DE TINTA

¡Hola! Voy a presentarte a la familia que vive en mi casa:

Javier y Maite son el papá y la mamá. Son muy buenos padres. Además, a Javier le gusta construir maquetas en miniatura y a Maite, jugar al tenis con sus amigas.

Tienen dos hijos: Elena es la mayor, y Hugo, el pequeño, y los dos son: autistas. Elena va siempre muy contenta a sus clases de piano y a Hugo le encantan los gatos (¡como yo!) y tiene un montón de peluches y figuras).

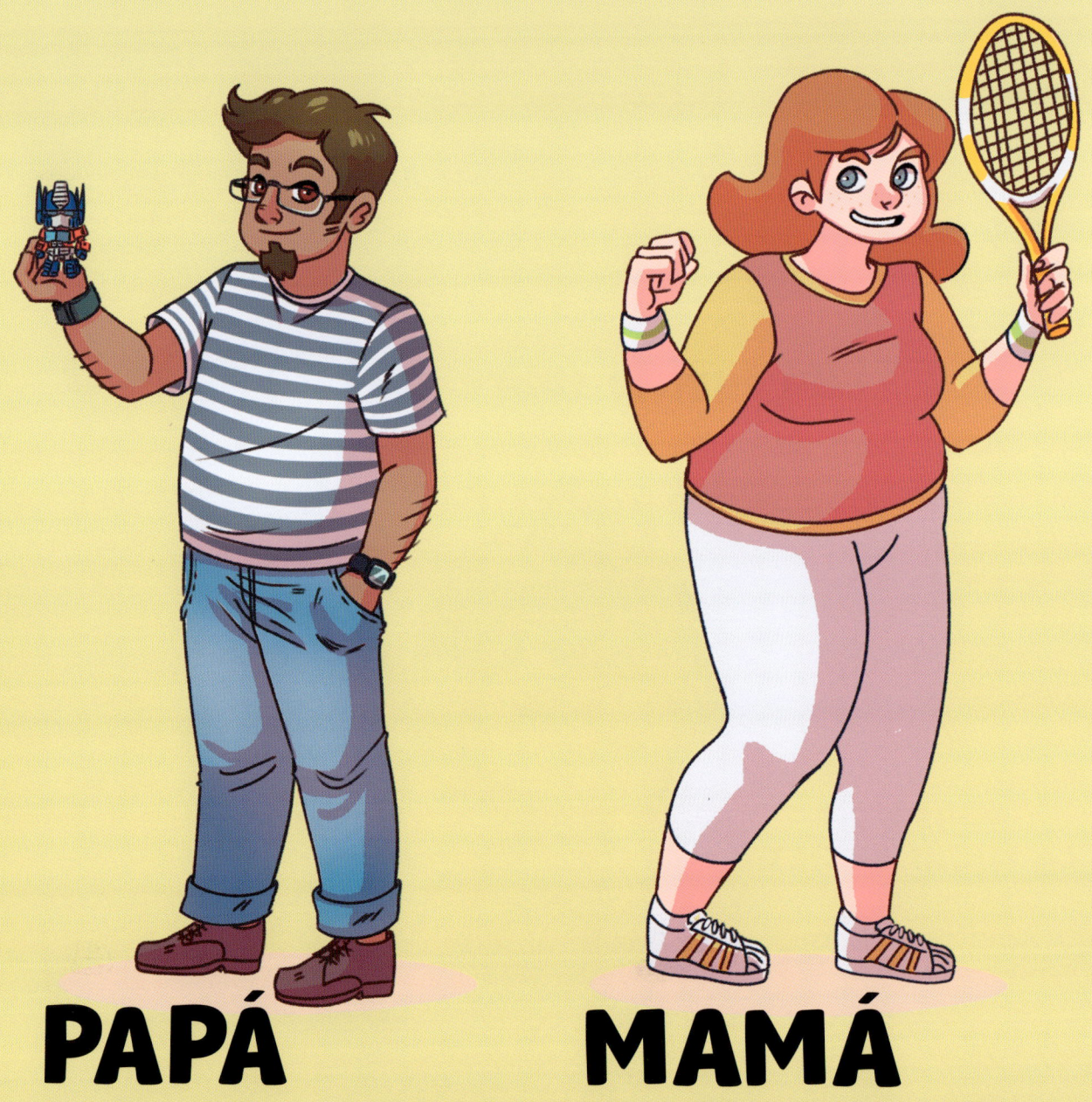

PAPÁ　　**MAMÁ**

Para hablarte del autismo,
no estoy solo. Me acompañan:

MICHI AUTISTA
artista y divulgadora
sobre autismo

DANIEL MILLÁN
psicólogo especializado
en autismo

Ellos saben un montón de cosas,
y nos van a ayudar a conocer mejor a la familia.

Juntos vamos a aprender un montón de cosas, por ejemplo
que ¡el autismo no es una enfermedad! No es como una
gastroenteristis. Es simplemente una forma distinta de ver
el mundo. Y como no es una cosa que se pueda quitar
o poner, la mayoría prefieren referirse a sí mismas como
«autistas» en lugar de «personas con autismo».

HUGO

ELENA

Como buenos hermanos, Hugo y Elena se parecen un montón... y, al mismo tiempo, son muy distintos. Los dos tienen los ojos marrones, igual que papá, y los dos tienen la nariz respingona, igual que mamá. Pero, mientras que Hugo sería capaz de dormir tantas horas al día como un gato (hazme caso, lo sé), Elena se levanta de la cama a tope de energías, dando un salto tan impresionante como el que daría...

Bueno, un gato (en serio, ¡sé de lo que hablo!). También se parecen y diferencian en que, aunque los dos están en el espectro autista, cada uno lo muestra de una forma. Mira, te lo enseño si nos acompañas, que ya ha amanecido y tienen que prepararse para ir al cole.

La mañana de hoy empieza igual que todas las demás: ¡con Hugo y Elena mirando sus agendas! En ellas pueden ver con imágenes o leer cada actividad que harán en el día antes de que llegue el momento de hacerlas.

Primero toca asearse; después, vestirse y, por último, desayunar. Elena se lava la cara y los dientes. ¿Y has visto qué camiseta más chula se está poniendo Hugo? Es muy suave, no se queda pegada al cuerpo y no tiene etiquetas ni costuras. Hugo solo puede vestir ropa así de cómoda, porque es muy sensible. Pero lo mejor de esta camiseta es que, además, por delante lleva un dibujo de un gato preciosísimo. Y no lo digo porque yo también sea un gato. ¿Eh? ¿A qué viene esa cara de sorpresa? Ahí va... ¡se me había olvidado presentarme!

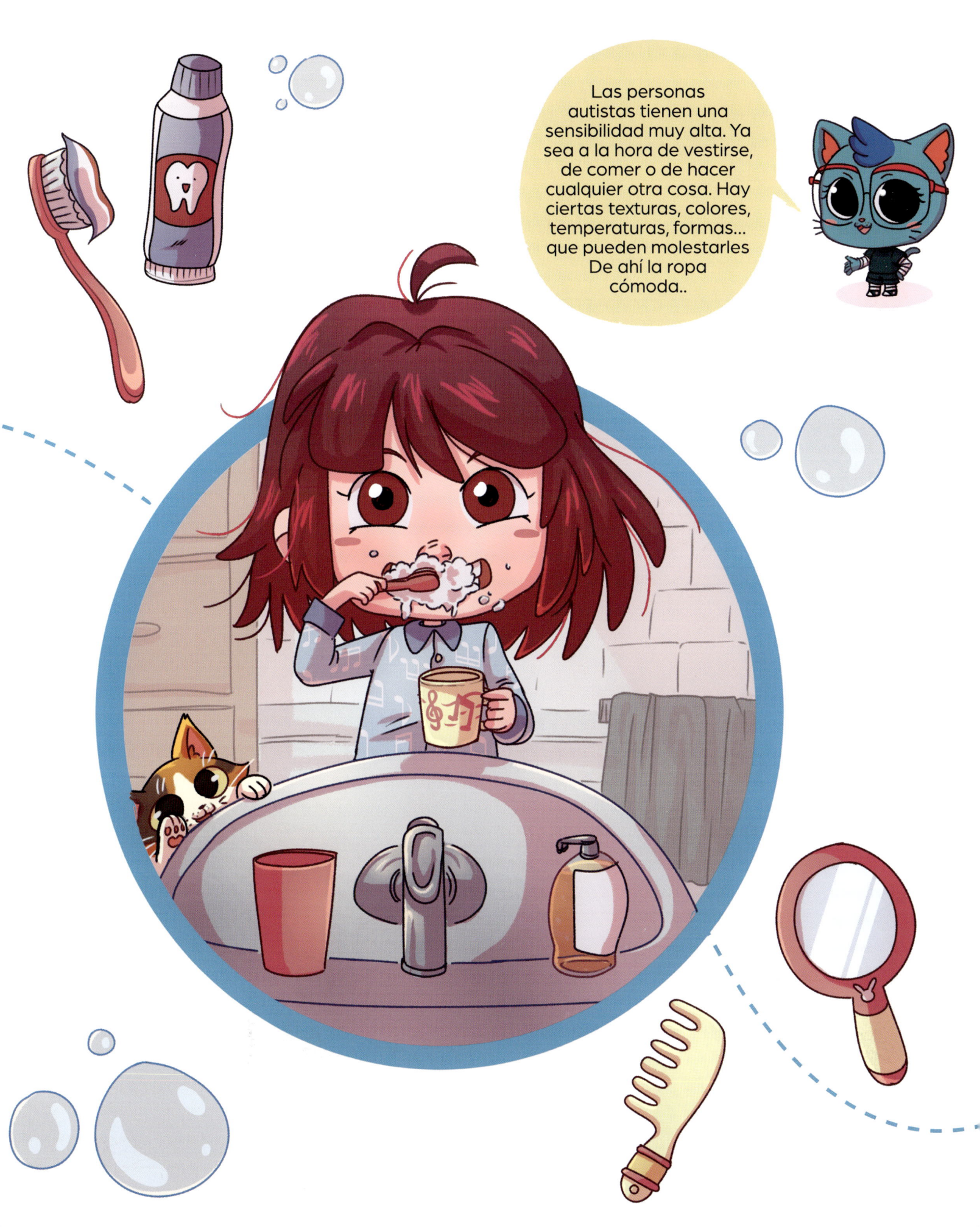

Mi nombre es Alioli y soy el miembro más peludo de la casa. Me pusieron ese nombre porque siempre estoy rondando por la cocina. Como ahora. ¡Mira, Elena está comiéndose unas tostadas que huelen que alimentan! ¿Te puedes creer que, hasta no hace mucho, Elena no comía sólidos? Solo tomaba cosas en forma de puré. Y también se agobiaba cuando el plato estaba muy frío o cuando mezclaba dos alimentos con texturas distintas, como una sopa con garbanzos, que es líquida y rugosa a la vez.

En el camino a la escuela, Hugo y Elena prefieren seguir siempre la misma ruta. Van andando hasta la panadería, giran a la derecha y, cuando llegan a la academia de música de Elena, cruzan el paso de peatones hasta el cole. ¡Lo sé porque los veo desde la ventana! ¿A que mola? Alioli, el gato guardián que se asegura de que sus hermanitos menos peludos lleguen bien a clase.

Cuando las personas autistas tienen que ir a algún sitio, se sienten más seguras si comprueban que conocen el camino. Lo desconocido les genera mucho estrés. Aun así, a veces una calle está de obras o de repente empieza a llover o llega tarde el autobús... Entonces podemos explicar (con ayuda visual) qué es lo que ha sucedido y por qué tendremos que tomar otro camino. Esto es muy importante, porque las personas en el espectro son «hiperrealistas», o sea, que necesitan saber siempre el porqué de las cosas. ¡Las respuestas al estilo «porque sí», «y punto» o «es lo que hay» no valen!

Ya van por la academia de música, cuando, de repente... ¡oh, no! Unos trabajadores acaban de pintar las líneas blancas del paso de peatones, ¡así que todavía están mojadas! Hoy no se puede cruzar por aquí. Habrá que dar un rodeo. No pasa nada: la mamá de Hugo y Elena les explica lo que ha ocurrido y el nuevo camino que hay que seguir.

Nunca he estado en la escuela..., pero sí que me he metido dentro de la mochila de Elena alguna que otra vez. ¡Solo para cotillear qué lleva a clase! Lo siento, es que me daba mucha curiosidad saber qué se hace en el cole. Encontré libros, libretas y lápices, pero también una agenda como la que usamos en casa para seguir las actividades del día, un juguete que gira sin parar... ¡Y hasta unos cascos mágicos que hacen que quien los lleve solo escuche el silencio!

Para que haya menos distracciones, los juguetes antiestrés (como los fidget spinners) y sentarse en las primeras filas del aula ayudan a evitar los «sesgos atencionales» y a prestar atención solo a algunas cosas, ignorando todas las demás.

Ah, ¡y los cascos de Elena no son mágicos! Se llaman «cascos de cancelación de ruido» y con ellos es mucho más fácil desconectar. Las personas del espectro necesitan más momentos de pausa y más tiempo de transición en los cambios de actividades para descansar

Mis amigos del barrio son gatos callejeros. Cuando se acercan a nuestro jardín, me cuentan lo que ven en el patio de la escuela. Niños corriendo, pelotas que vuelan, gritos... Para un gato, tanto caos suena agobiante. ¿Y si alguien se cree que soy un balón y me da una patada sin querer?

El patio del recreo es un espacio desestructurado. Eso quiere decir que pueden pasar más cosas inesperadas. Justo por eso, las personas del espectro necesitan que las entiendan, apoyen y ayuden más. Es importante contribuir a que puedan participar en actividades de tú a tú (o sea, entre dos personas), y también darles espacio para que puedan estar tranquilos.

¡Uf, cuántos ruidos fuertes! Pero no solo nos ocurre a los de mi especie. Hugo lo pasa mal cuando ocurren demasiadas cosas a la vez, por eso prefiere jugar con un solo amigo en lugar de unirse a grupos grandes. Elena, con sus cascos mágicos, busca un sitio tranquilo en el que descansar.

Pero eso tampoco es solo cosa de mis hermanos. Javier, el papá de la familia, aprovecha su día libre para montar una maqueta de un robot. Tiene una sonrisa tan grande en la cara... Se nota que nada lo hace más feliz que construir sus miniaturas en paz. Solo por eso me aguanto las ganas de tirar todas las piezas al suelo de un zarpazo.

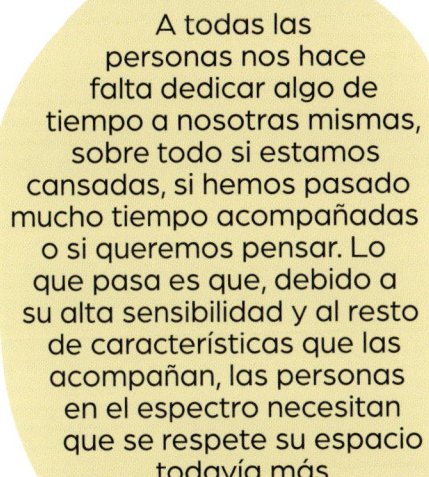

A todas las personas nos hace falta dedicar algo de tiempo a nosotras mismas, sobre todo si estamos cansadas, si hemos pasado mucho tiempo acompañadas o si queremos pensar. Lo que pasa es que, debido a su alta sensibilidad y al resto de características que las acompañan, las personas en el espectro necesitan que se respete su espacio todavía más.

¡Igual que Maite, la mamá de la familia! En sus descansos del teletrabajo, se pone auriculares para poder ver tranquila los partidos de tenis de sus jugadoras preferidas. Cada uno sabe mejor que nadie qué cosas le ayudan a calmarse o a distraerse.

¿Que qué hago yo? Pues la verdad es que me aburro mucho en casa cuando no están mis hermanos... ¡Pero al fin se ha terminado el cole hoy! Ven, vamos a verlo todo desde la ventana: el papá de Hugo y Elena ha ido a recogerlos, como todos los días. Cuando pasan por delante de la academia de música, Elena entra y se queda para dar sus clases de piano. Después, Javier llega a casa con Hugo y repasan en la agenda las actividades de la tarde. Unos poquitos deberes por aquí, una merienda por allá... y, por supuesto, el mejor momento del día: ¡jugar con Alioli!

Al igual que en la escuela, es bueno que las personas del espectro tengan una agenda con las actividades a realizar hasta la hora de acostarse.

Tenemos muchos juguetes en casa, pero el mejor es el palopluma. Su nombre no engaña: es un palo atado a una pluma con un elástico. Cuando salto a intentar morderla, parece que Hugo me está pescando. ¡Yo, el grandísimo Alioli, comportándome como las sardinas que tanto me gusta zamparme! Cuando terminamos de jugar…, me quedo relajadísimo.

A Elena le pasa igual, pero cuando habla de música. La familia Mozart es su interés especial. ¡Le apasionan tanto que, cuando se pone a hablar de Amadeus y Nannerl, casi siento calor! Como si Elena tuviera una chispa en la cabeza. No puede evitar contar todo lo que sabe a otras personas, porque hablar sobre música le ayuda a relajarse.

Hugo tiene otra estrategia, la vi un día que me llevaron al veterinario. Entre los animales, los otros humanos y el pitido que avisaba del turno, mi hermano se estaba poniendo muy nervioso. Cuando eso le ocurre, Hugo balancea el cuerpo. Al centrarse en su propio movimiento, consigue prestar menos atención a los ruidos.

A las acciones repetitivas (aleteos, chasquidos, canturreos...) las llamamos «estereotipias». Es otra forma de relajarse. Si estas acciones entorpecen lo que se está haciendo o resultan peligrosas, ya sea para ellas mismas o para otros, podemos trabajar en cambiarlas por otras que se adapten mejor a la situación. Eso sí, ¡es importante no eliminarlas nunca!

Pip

No es solo cosa de Hugo. A Elena también le pasa, como con todo lo que te conté sobre la comida. A veces lo que hace la chispa es justo lo contrario: arde tan fuerte que no les deja darse cuenta de lo que pasa fuera. Ven, mira por la ventana, que lo veo en Elena. Maite ya la trae de piano.

A las personas en el espectro les cuesta priorizar estímulos, o sea, distinguir qué señales de entre todas las que les mandan sus sentidos son más importantes que otras. Por eso pueden escuchar música muy alta con los auriculares y, al mismo tiempo, pasarlo mal en un centro comercial. Perciben los estímulos de manera diferente y, por tanto, reaccionan ante ellos también de maneras distintas

Aunque hoy hace un poco de frío y el resto de las personas se han puesto abrigos (¡vaya rollo tiene que ser no llevar el pelo incorporado como yo!), mi hermana sigue en manga corta. No se da cuenta del cambio de temperatura. Maite intenta explicarle que se va a resfriar. No es que Elena no quiera hacerle caso: es la chispa de la cabeza otra vez.

Después de la cena, ¡toca irse a dormir! Aunque es más fácil decirlo que hacerlo... Los gatos no podemos dormir profundamente. Estamos siempre alerta, preparados para salir corriendo si aparece algún peligro. Vamos: que me cuesta mucho dormir toda la noche del tirón. A Elena le pasa lo mismo y Hugo tarda un montón en conciliar el sueño. ¡Cómo se nota que somos hermanos!

Cuanto mejor sea la higiene del sueño (no acostarse hasta que hayan pasado una o dos horas desde la cena, realizar actividades relajantes antes de meterse en la cama y evitar distracciones como el uso de pantallas, levantarse e irse a dormir siempre a la misma hora...), más posibilidades habrá de conseguir pasar la noche del tirón.

¿Te lo has pasado bien hoy? ¡Puedes volver a casa siempre que quieras! Si ya casi eres uno más de la familia, de lo bien que nos conoces. Un padre, una madre, el gato guardián más heroico del mundo mundial (je, je) y dos hermanos con una chispa en la cabeza. Tienen una forma especial de conectar con el mundo... y no cambiaría el calor que siento a su lado ni por todas las sardinas del mar. ¡Muchas gracias por acompañarnos durante todo el día!

GLOSARIO

Alista: Persona que no es autista, independientemente de si es neurotípica o **neurodivergente.**

Anticipación visual: Usar imágenes o dibujos para explicar lo que sucederá, ayudando a las personas autistas a prepararse para los cambios o eventos y a establecer rutinas.

Neurodiversidad: Es un término que proviene de las ciencias sociales e incluye tanto a las personas neurotípicas como neurodivergentes. Señala que las diferencias neurológicas, principalmente en el sistema nervioso, como el autismo o el TDAH, son una parte natural de la diversidad humana.

Ecolalia: Repetir palabras o frases que la persona autista haya escuchado porque son interesantes, reconfortantes o como una manera de autorregularse.

Fidget toys/spinners: Juguetes pequeños que se usan para mantenerse relajado o enfocado, como los spinners o las pelotas antiestrés.

Neurodivergente: Persona cuyo sistema nervioso funciona de manera diferente a la mayoría, como las personas autistas, con TDAH o dislexia.

Hipersensibilidad: Cuando la información que recogen los sentidos se procesan de manera muy intensa, como ruidos, luces o texturas.

Hiperrealista: En el autismo, se refiere a la necesidad de comprender profundamente el porqué de las cosas y de obtener explicaciones detalladas para sentirse en calma. También la dificultad que puede producir a la hora de dar un sentido distinto a una determinada expresión o hecho y de ahí la dificultad para entender dobles sentidos o bromas.

Higiene del sueño: Hábitos y rutinas que ayudan a descansar mejor, como dormir a la misma hora o evitar pantallas antes de acostarse.

Hiposensibilidad: Cuando la información que recogen los sentidos se procesan de manera menos intensa o con menos prioridad de lo deseado y se necesita buscar más movimiento, presión o sonidos para sentirse cómodo.

Intereses especiales/Hiperfoco: Temas o actividades que apasionan mucho a las personas autistas y que disfrutan explorar profundamente. En algunos casos estos intereses pueden llevarles a olvidar o no prestar atención a ciertas eventos que son importantes.

Masking o enmascaramiento: Esconder o «disfrazar» las propias características autistas para parecer neurotípico, lo cual puede ser agotador.

Mutismo situacional: Dificultad para hablar en ciertos entornos o situaciones debido al estrés o la ansiedad.

Neurodiverso: Grupo formado por personas con mentes diversas, tanto neurotípicas como neurodivergentes.

Neurotípico: Persona en la cual su sistema nervioso funciona como el de la mayoría de la sociedad.

Regulación sensorial: Técnicas o estrategias para manejar las sensaciones intensas o ausentes, buscando un equilibrio para que la persona se sienta cómoda.

SAAC (Sistemas Aumentativos y Alternativos de Comunicación): Herramientas como pictogramas, tabletas o lenguaje de signos que ayudan a las personas a comunicarse.

Sesgo atencional: Tendencia a prestar más atención a ciertos detalles o estímulos y a ignorar otros, lo que puede hacer difícil concentrarse en lo que se espera.

Stimming o estereotipias: Movimientos o sonidos repetitivos que ayudan a las personas autistas a calmarse, concentrarse o expresar emociones. Algunos ejemplos incluyen balancearse, aplaudir o tararear.

TEA (Trastorno del Espectro Autista): Es un término clínico que señala que la forma de entender y experimentar el mundo incluye muchas maneras diferentes de pensar, sentir y relacionarse, pero estas diferencias pueden producir un conflicto cuando la persona interactúa con los distintos contextos.

Trastornos o condiciones del neurodesarrollo: Diferencias en el desarrollo del sistema nervioso que afectan a cómo las personas piensan, aprenden o se relacionan, como el autismo, el TDAH, los trastornos del lenguaje o del aprendizaje y que aparecen en las primeras etapas del desarrollo humano (aunque es posible que no se detecten hasta más tarde).

AGRADECIMIENTOS

Daniel:

A ti, que estás leyendo este cuento, por elegirnos para mostrarte la puerta a un mundo maravilloso, pero que en ocasiones puede ser sobrecogedor. Espero que tras su lectura puedas tener una visión más objetiva y amable del autismo.

A mi querida amiga Marisa, por acompañarme de nuevo en un proyecto y hacerme las cosas tan fáciles y disfrutar en cada momento que compartimos. Gracias, amiga.

A mi familia, por su apoyo incondicional, especialmente en los momentos más duros.

A mi magnífico equipo de profesionales, que tantísimo me aportan y me inspiran.

Gracias al equipo de Penguin Random House, por saber de verdad adaptarse a las distintas necesidades, y no solo sobre el papel.

Y, por último, y especialmente, a todas las personas que han confiado y confían en mi para ofrecerles apoyo. Gracias.

Marisa:

A todas las personitas que han abierto este cuento para disfrutar de lo que nos explica Alioli de sus hermanitos.

A la comunidad autista por su apoyo y su calidez.

A Laura, Ana, Lourdes, Nuria y al equipo editorial por confiar en nosotros para este proyecto tan bonito. Y a Mandaraina; ¡tu trabajo como asistente de color ha sido impecable!

A Daniel, por querer que me una en sus aventuras sobre autismo y neurodiversidad y formar un dúo ideal.

A mis peques favoritos, Abril y Aran, que me han ayudado a decorar las guardas con sus dibujos. Los podéis conocer en la escena del patio, junto con nuestros gatitos Watson, Boira y Trico.

A Ignasi, compañero de vida, sin tu apoyo incondicional yo no sería igual de atrevida y todo sería mucho más aburrido.

Y a mi madre, por su amor infinito y por confiar siempre en mí.

Daniel Millán López es licenciado en Psicología Clínica y de la Salud por la Universidad Complutense de Madrid. Desde hace más de veinte años está dedicado al trabajo con personas autistas de todas las edades y a la psicología clínica en general.

Actualmente trabaja haciendo terapia y diagnósticos para personas de todo el mundo y es el autor de los libros: *Guía Autista. Consejos para sobrevivir en el loco mundo de los neurotípicos* (ilustrado también por la Michi Autista) y *Es autista, ¿y ahora qué?*

Asímismo es conferencista internacional, formador sobre autismo y psicopatología en diversos colegios de psicología y equipos de orientación educativa de España, docente universitario y asesor técnico de diversas asociaciones y entidades profesionales que trabajan en el campo del neurodesarrollo.

LA MICHI AUTISTA o Marisa Martínez, es una persona dentro del espectro que divulga sobre autismo en redes sociales. Su principal vocación, y también profesión, es como ilustradora. Ha trabajado para videojuegos, concept art en juguetes, libros infantiles y juveniles. Lo más importante para ella es poder acercar el autismo a la gente y acercar a las personas autistas al mundo. Siempre desde el respeto, la educación y la tolerancia. Por ello, da charlas y ponencias sobre el tema para diversas asociaciones. Cuenta con más de 20 k de seguidores en redes sociales.